典藏中国·中国古代彩塑精粹

忻州佛光寺彩塑

杨平　主编

浙江摄影出版社

全国百佳图书出版单位

佛光寺位于山西省忻州市五台县豆村镇东北的佛光山中，距镇中心约6.3千米，距中国著名佛教圣地五台山寺院中心区约50千米，为五台山外围寺院。

佛光寺创建于北魏孝文帝时期（471—499），唐代早中期香火达到极盛，有大殿弥勒大阁等多座殿宇，是五台山名刹。寺院在唐武宗会昌五年（845）的"武宗灭法"中被毁，唐大中十一年（857），在愿诚和尚的主持下，由长安的宫廷内臣、地方官吏及一名名为"宁公遇"的女弟子资助，寺院得以重建。彼时，寺院盛景空前，石雕、玉雕、壁画、泥塑、书法等尽有之，成为远近闻名的名寺——五代开凿的敦煌莫高窟第61窟西壁上的壁画中"大佛光之寺"，即为重建后的佛光寺。

佛光寺主殿为东大殿，是原汁原味的唐代建筑，其位于13米的高台上，俯瞰整个寺院，气势巍峨，魅力不凡。大殿面阔七间，进深四间八椽，单檐庑殿顶，结构简练，造型古朴，技法高超，是中国现存唐代古建筑的代表。其内设佛坛，宽有五间（深5米、高0.75米），坛上有唐代塑像三十七尊，又覆有全木榫卯结构的宇顶，可谓殿中殿。坛上五间殿宇的拱眼壁上有唐宋时期的壁画，内容为《佛说法图》《众菩萨图》等。整个殿宇形成长形"回"字空间，绕佛坛在大殿内走一圈，四周神台上明、清所塑的五百罗汉（实有290尊）一目了然。

大殿佛坛上有唐塑三十六尊，中央当心间有七尊，分别为主像释迦牟尼佛、二胁侍菩萨、佛弟子迦叶和阿难、二供养菩萨；东、西次间亦各有七尊，主像分别为弥勒佛、阿弥陀佛，其两侧各有四尊胁侍菩萨和两尊供养菩萨；东梢间有大小塑像七尊，主像为骑着白象的普贤菩萨，其两侧为胁侍菩萨，其余为护法金刚、韦驮坐像、牵象人昆仑奴和一位童子；西梢间为骑着青狮的文殊菩萨、二胁侍菩萨、右手持剑的护法金刚、牵狮人于阗王和一位童子。另外，还有两尊写实作品，分别是当时主持佛光寺大修工程、面部清瘦的愿诚和披云肩及双手掩于袖中的中年女居士宁公遇像。

佛光寺塑像尽管在20世纪20年代重绘，但其唐代风韵不减。三尊主佛面部丰满，脸庞宽大，与龙门石窟里的唐代石佛像面部极为相似，体现了唐代盛行的佛祖雕塑样式；十四尊胁侍菩萨，各个头戴花冠、体态丰腴、姿态典雅、皮肤白皙，眉如弯月，胸佩璎珞，肩搭帔帛，袒胸露背，颇有唐代流行的北齐画家曹仲达开创的"曹衣出水"之风格；供养菩萨虽体量不大，但刻画细腻，或双手端着果盘，或单手呈上鲜桃，其虔诚的样子栩栩如生，令人过目难忘。

弥勒佛半身像

释迦牟尼佛、弟子及胁侍菩萨、供养菩萨像

释迦牟尼佛右侧阿难尊者及胁侍菩萨半身像

释迦牟尼佛左侧迦叶尊者及胁侍菩萨、供养菩萨像

迦叶尊者（左）与众胁侍菩萨半身像

弥勒佛及胁侍菩萨、供养菩萨像

弥勒佛左侧（外）胁侍菩萨像头部特写

弥勒佛左侧二胁侍菩萨及供养菩萨像

弥勒佛右侧二胁侍菩萨像及供养菩萨像

弥勒佛右侧（外）胁侍菩萨半身像

弥勒佛左侧（内）胁侍菩萨半身像

弥勒佛右侧（内）胁侍菩萨半身像

弥勒佛左侧供养菩萨像

弥勒佛右侧供养菩萨像

普贤菩萨（右）及其右侧众胁侍菩萨像

阿弥陀佛及胁侍菩萨、供养菩萨像

阿弥陀佛右侧（外）胁侍菩萨及供养菩萨

阿弥陀佛左侧二胁侍菩萨像

阿弥陀佛右侧众胁侍菩萨像头部特写

阿弥陀佛左侧众胁侍菩萨半身像

阿弥陀佛左侧供养菩萨像

阿弥陀佛右侧供养菩萨像

普贤菩萨及牵象人昆仑奴、童子、二胁侍菩萨、护法金刚、韦陀像

普贤菩萨像

普贤菩萨的坐骑白象与宁公遇像

普贤菩萨右侧胁侍菩萨半身像

普贤菩萨左侧胁侍菩萨半身像

护法金刚半身像

文殊菩萨及牵狮人于阗王、童子、二胁侍菩萨、护法金刚像

文殊菩萨半身像

文殊菩萨的坐骑青狮像头部特写

文殊菩萨左侧众胁侍菩萨半身像

均提童子像

护法金刚像

责任编辑：王嘉文　张　磊
文字编辑：谢晓天
装帧设计：杭州大视角文化传播有限公司
责任校对：王君美
责任印制：汪立峰
摄　　影：欧阳君　薛华克　梅　佳　张卫兵
撰　　稿：杨平　谢薇

图书在版编目（ＣＩＰ）数据

忻州佛光寺彩塑 / 杨平主编. -- 杭州 ：浙江摄影
出版社，2024.1
　（典藏中国. 中国古代彩塑精粹）
　ISBN 978-7-5514-4627-3

　Ⅰ．①忻… Ⅱ．①杨… Ⅲ．①五台山－寺庙－彩塑－
画册 Ⅳ．①K879.32

中国国家版本馆CIP数据核字(2023)第145889号

書南
畫山

典藏中国·中国古代彩塑精粹
XINZHOU FOGUANG SI CAISU

忻州佛光寺彩塑

杨平　主编

全国百佳图书出版单位
浙江摄影出版社出版发行
　　　　地址：杭州市体育场路347号
　　　　邮编：310006
　　　　电话：0571-85151082
　　　　网址：www.photo.zjcb.com
制版：杭州大视角文化传播有限公司
印刷: 杭州佳园彩色印刷有限公司
开本：787mm×1092mm 1/8
印张：6
2024年1月第1版　2024年1月第1次印刷
ISBN 978-7-5514-4627-3
定价：68.00元